ADRIANA FALCÃO

A MÁQUINA

ILUSTRAÇÕES
Fernando Vilela

SALAMANDRA

Texto © 2013 Adriana Falcão
Ilustrações © 2013 Fernando Vilela
Editora Salamandra: 2ª edição, 2013

Coordenação editorial
Lenice Bueno da Silva

Assistente editorial
Danilo Belchior

Ilustrações de capa e miolo
Fernando Vilela

Projeto gráfico
Traço Design

Impressão
BMF Gráfica e Editora
Lote 753525
Cód 12085384

Dados Internacionais de Catalogação na Publicação (CIP)
(Câmara Brasileira do Livro, SP, Brasil)

Falcão, Adriana
　　A máquina / Adriana Falcão. -- 2. ed. -- São Paulo : Salamandra, 2013.

ISBN 978-85-16-08538-4

　　1. Ficção - Literatura infantojuvenil I. Título.

13-05256　　　　　　　　　　　　　　　　CDD-028.5

Índices para catálogo sistemático:

1. Literatura infantiljuvenil　　028.5
2. Literatura juvenil　　028.5

Todos os direitos reservados.

Editora Moderna Ltda.
Rua Padre Adelino, 758 - Belenzinho - São Paulo - SP
Cep: 03303-904
Vendas e Atendimento:
Tel.: (11) 2790-1300 Fax: (11) 2790-1501
www.salamandra.com.br
Impresso no Brasil / 2022

Para João.

A MÁQUINA

Lá, de onde Antônio vem é longe que só a gota. Longe que só a gota pra trás, o que é muito mais longe que só a gota do que longe que só a gota pros lados. Pois vir de longe pros lados é vir de longe no espaço, lonjura besta que qualquer bicho alado derrota. Já vir de longe pra trás é vir de longe no tempo, lonjura que pra ficar desimpossível demora.

Lá, de onde Antônio vem, era tanta coisa acontecendo que nem sei se vai dar pra contar tudo. Tomara que ninguém se tome por esquecido, pois a história que aqui vai ser contada tem de todas um pedaço, além dos outros pedaços que ficaram perdidos no caminho do tempo que Antônio andou até aqui trazendo com ele essa história.

Era o tempo de Antônio.

E lá o tempo passava diferente. Era uma coisa agora, com um pouco já era outra e logo depois não era mais essa. Era aquela.

O tempo de Antônio passava rápido demais.

É ali por volta do ano 2000 que começa a história do tempo de Antônio.

Mas o tempo de Antônio começou há mais tempo do que isso, vinte e tantos anos antes, quando Antônio veio ao mundo. Ou então ainda há mais tempo, bilhões de anos atrás quando o mundo foi criado.

Tudo era uma seca só.

Não tinha terra, não tinha céu, não tinha bicho, não tinha gente, não tinha nada.

Era só o breu.

Aí Deus foi ficando meio enjoado e resolveu criar o mundo.

Ele pensou assim: "Vê que besteira a minha, por que é que vai ficar tudo sem nada se eu posso inventar o que eu quiser?" Então saiu inventando. Primeiro Ele inventou o céu que era pra ter onde morar, mas como o céu tinha que ficar em cima de alguma coisa, Ele inventou a Terra pra ficar embaixo.

Então Ele pensou: "E a Terra vai ficar com um céu em cima e não vai ficar com nada embaixo não, é?" Daí Ele foi e botou o inferno embaixo da Terra. Ficou bem bonitinho aquele negócio assim azul em cima e aquele negócio assim vermelho embaixo.

No começo a Terra só servia pra isso. Pra ficar embaixo do céu e em cima do inferno. Era pouco, Deus concluiu assim: "Agora que tem a Terra, eu tenho que inventar gente pra botar lá." Foi aí que Ele inventou a vida. E no que inventou a vida já inventou a morte junto, pois tudo que é vivo morre.

Diz-se que Ele soprou e apareceu Adão e que da costela de Adão Ele fez Eva.

Ficaram dois.

E ficaram os dois lá, só eles, e o tempo não passava. Como naquele tempo Deus ainda não tinha inventado o tempo, o antes, o agora, o depois, ficavam ali no meio, todos eles misturados. Até que um dia Adão se enfastiou: "Ô, meu Deus do céu, isso não acaba nunca não, é?" Por sorte, Deus teve a ideia de inventar o dia e a noite que era pro tempo passar.

No dia em que Deus inventou o dia, concluiu que, agora, que o tempo ia passar, ia ter um dia hoje, depois ia ter outro amanhã, e amanhã ainda ia ter o ontem que foi hoje. Desse modo, Ele inventou o passado, o presente e o futuro de uma vez só.

Então vinha a parte mais difícil.

Já que o povo todo tinha nariz, tinha boca, tinha orelha e tinha olho, aquilo tudo tinha que ter uma serventia. Os olhos e o nariz já tinham a deles, pois os olhos serviam pra olhar pro céu e o nariz pra pessoa respirar enquanto viva e parar de respirar pra poder morrer em paz. Mas carecia de arranjar utilidade pra boca e pras orelhas.

Pra encurtar a história, foi aí que Deus fez o verbo.

A MÁQUINA

Verbo é como se chamam as palavras.

E como pra cada palavra tinha que ter uma coisa, Ele teve que inventar um monte de coisa pra poder ficar uma coisa pra cada palavra.

Era coisa que não acabava mais.

E os homens acharam pouco e se botaram a inventar mais coisa ainda.

Desde o começo do mundo até lá pelo ano 2000, quando começa esta história, muita coisa aconteceu. E todo esse acontecido foi tudo o tempo de Antônio, pois tudo que aconteceu só aconteceu pra um dia o tempo chegar no tempo dele. E só depois achou de acontecer mais um pouco pra um dia chegar no tempo de agora.

Mas o tempo de Antônio, chamado assim desse jeito, o tempo de Antônio, como ficou conhecido esse tempo, o tempo de Antônio começou em Nordestina.

Nordestina era uma cidadezinha desse tamanhinho assim da qual se dizia: eita lugarzinho sem futuro. Antônio ouviu dizer isso desde pequeno e deu por certo o fato.

A MÁQUINA

Pra chegar a Nordestina tinha que se andar bem muito.

É claro que ninguém fazia isso. O que é que a pessoa ia fazer num lugar que não tinha nada pra fazer? No entanto, quem fazia o caminho inverso contava pros outros o quanto tinha andado, e então se deduzia que se o caminho de saída era um, o caminho de chegada só podia ser o mesmo.

Antônio trabalhava na prefeitura da cidade, sendo pra folha de pagamento o funcionário de número 19.

Pro prefeito ele era o moço do café.

Pro povo em geral era Antônio de dona Nazaré. Pra dona Nazaré era seu filho mais velho. Toda noite dona Nazaré pedia a Deus por um filho seu, de modo que a cada um cabiam dois pedidos por mês mais um terço de pedido. Na falta de pedido retalhado, deixava juntar três meses e então fazia mais um, inteiro, pra cada filho. Nos meses de três pedidos — abril, agosto e dezembro — ela aproveitava pra pedir saúde, dinheiro e felicidade. Nos outros nove meses do ano os meninos tinham que se contentar com saúde e dinheiro somente, o que nunca coincidia com a realidade, pois se dona Nazaré fosse mesmo boa de pedido, há muito tempo Deus lhe teria enviado uma geladeira nova. Mesmo assim ela pedia, por costume, por insistência, porque, se deixasse de pedir, Deus podia esquecer que eles existiam, motivo é que não lhe faltava.

A MÁQUINA

Se palavra gastasse, duvido que tivesse sobrado algum adeus em Nordestina, haja vista a frequência com que se usava naquele tempo essa palavra.

Era tanta gente indo embora que o povo até se acostumou com os vazios que ficavam e iam tomando conta da cidade, apagando cheiros, transformando em memória frases, olhares, gestos, e a cara daqueles que não tinham retrato.

Nos dias de faxina, e portanto principalmente nas quintas, sempre apareciam objetos esquecidos por um ou outro dos que já tinham se ido, que só serviam pra devolver de rancores a abandonos superados. A esses objetos se davam diferentes fins, sendo o mais comum o fundo de uma gaveta, e o mais doído, a navalhada.

Os motivos da debandagem generalizada às vezes viravam bilhetes e alguns eram furiosamente rasgados. O motivo escrito quase sempre era um arremedo do verdadeiro e tinha por maior utilidade consolar o destinatário do que dar a se entender o remetente, pois como é que se explica, diga mesmo, que o motivo de ir embora era só o nada?

A MÁQUINA

Algumas partidas eram anunciadas com antecedência devido à quantidade de providências a serem tomadas. As notícias se espalhavam de várias formas.

Vende-se mesa de fórmica c/ 4 cadeiras, sofá 2 lug., cama casal, berço, fogão e geladeira. Ótimo estado. Tratar c/ Lurdinha no cartório.

Vendo urgente casa perto da bica. Quarto, sla., quintal, banheiro dentro. Pechincha. Rua da Travessa, 38.

Vendo fiteiro ótimo ponto lucro excelente.

Fundos da Prefeitura. Falar com Marconi no local.

Por motivo de viagem vendo gado bom danado. Dois bois, três vacas, um garrote.

Nos primeiros meses, os que tinham se ido costumavam ligar aos domingos, quase sempre a cobrar, pra casa de uma vizinha. Depois as notícias iam se espaçando e se dizia deles que tinham sumido no oco do mundo, que já devia estar cheio, inclusive.

Quem olhava pro horizonte em Nordestina, querendo ou não, imaginava uma linha perpendicular a ele, a linha traçada pelo destino dos que se importavam com o destino, de modo que o povo de Nordestina todinho tinha o horizonte por uma cruz, e não por uma linha, e era por esse motivo que o verbo cruzar cabia em todo tipo de entendimento.

A MÁQUINA

Entre Nordestina e a cidade que ficava antes dela, tinha uma placa com os dizeres "Bem-vindo a Nordestina". Há quem diga que até o tempo de Antônio quase ninguém tomou conhecimento da existência dessa placa.

O povo que morava da placa pra dentro imaginava uma risca no chão que separava Nordestina do resto do mundo. O povo que morava da placa pra fora não imaginava nada, jamais pensou no assunto, e não tinha a menor ideia de que pra lá dali ainda tinha mais um pouco.

Vivia em Nordestina, mesmo ali na rua de baixo, uma moça que apertava os olhos pela metade quando olhava, por quem Antônio era completamente apaixonado. Ninguém sabe dizer até hoje se o que endoidecia ele era o olhar pelo meio de Karina ou o resto todo. Entenda-se por todo inclusive o perfume que ela ia deixando por onde passava.

Antônio, que pra cada pessoa era um, pra Karina era somente o rapaz que sempre dava um pulo na casa dela quando largava do trabalho.

Depois ficou diferente, mas só depois.

Só depois que as coisas todas mudaram.

A MÁQUINA

As madrugadas de Nordestina andavam necessitadas de sonhos.

O cheiro de guardado das coisas que tinham ficado sem dono aproveitava pra passear nessas horas.

Às sete da manhã, cada vez menos bocas bocejavam. Cada vez menos vozes reclamavam da vida às dez e meia e menos sestas balançavam as redes depois do almoço. Na hora do café eram exigidas poucas xícaras.

O tempo andava espaçoso por não ter quem lhe interrompesse em momento importante.

E, Antônio, meio sem ter o que fazer, se botava a pensar besteira, pra gazear o tempo até a hora de largar do trabalho. De tanto se ocupar com a demora do tempo, acabou por ganhar intimidade com ele.

Ficaram amigos.

Mesmo assim, Antônio tinha que espremer a besteira até onde dava, pra ajudar o tempo a passar, então primeiro pensava em besteira solteira e depois em besteira casada. Besteira solteira era quando pensava em coisa como descobrir razão pra existência de calombo, mas quando pensava em Karina, só pensava em besteira casada. Devido à falta de sorte, no melhor da besteira era justo quando o verbo fazer lhe chamava. O verbo fazer, no

A MÁQUINA

vocabulário das tardes de Antônio, já vinha com complemento. Era café que ele fazia. E então tinha que servi-lo, posto que café se serve quente.

As poucas conversas que se ouviam falavam sempre do mesmo assunto e não tinham pretensão de serem promovidas. Tinham se acostumado a ser conversa.

Procurava-se resposta pra pergunta mais pra levar as dúvidas a passeio do que pra chegar a alguma conclusão. No começo do dia as pessoas ainda tinham uma conversa mais aprumada.

— O povo vai embora porque aqui não tem recursos.

— E por que não mandam recursos pra cá?

— Mandar recursos pra cá pra que se o povo está todo indo embora?

— Pro povo ficar aqui.

— Mas se aqui não tem recursos!

Quando ia chegando a tardinha, a conversa descambava.

— Se hoje é segunda, amanhã é terça.

— Não foi numa terça que dona Ernestina foi embora?

— Dona Ernestina tinha mania de chamar vidro de frasco.

Nessa hora a sorte dava uma olhada pra Antônio, se rezava a Ave-Maria e ele largava do trabalho.

Não sendo pessoa importante, nunca se atrasava.

"Cheguei cedo pro treino, Karina?"

"Não é treino, Antônio. É ensaio."

A MÁQUINA

Naquele tempo toda moça queria ser bonita e toda moça bonita queria ser artista de televisão.

Televisão era um negócio que ficava passando umas historinhas pro povo ficar vendo.

As historinhas iam acontecendo aos pedaços e de vez em quando vinham, não um, mas vários anúncios pra vender coisas assim como bicicleta. A finalidade era encontrar quem quisesse comprar o que era anunciado, pois com parte do dinheiro da venda do produto anunciado pagava-se para passar os tais anúncios e com parte do dinheiro dos anúncios pagava-se a feição das tais histórias, sendo que eles faziam as historinhas tão benfeitas que quem olhasse assim pensava que a finalidade eram as historinhas.

Karina era o nome da personagem da historinha que passava quando Karina nasceu.

Enquanto Karina da novela chorava as dores de um amor perdido, a mãe de Karina de verdade chorava as dores do parto. Teimosa que era, no que a filha lhe puxou, cismou de deixar pra chamar a parteira só no final do capítulo. Entre um estamos apresentando e um voltamos a apresentar, porém, Karina de verdade foi e nasceu, chorando mais do que a da novela, decerto pra mostrar a todos como era braba.

Isso Karina era, era braba sim, agora braba mesmo ela ficou foi naquela noite em que Antônio se esqueceu de fazer de conta que era o personagem e o beijo saiu de verdade, logo no início do ensaio: "Será que não dá pra entender como é um beijo de novela, meu Deus?" E Antônio respondeu: "Dá demais. Um personagem que não sou eu vai usar a minha boca pra beijar um personagem que usa a sua boca, mas não é você. Eu tenho que sentir o personagem aqui dentro, sentir o amor dele, ter vontade por ele, mas na horinha mesmo eu tenho que deixar de ser ele e voltar a ser eu pra poder me lembrar que esse é um beijo de novela e quem está beijando não sou eu, é ele."

E com essa explicação provou que, entender, tinha entendido, só não achava justo, pois o único beneficiado na história era o tal do personagem.

Mesmo assim, só pra mostrar que tinha decorado seu papel, Antônio ainda tentou outras vezes olhar no meio dos olhos de Karina, sentir um amor que não era seu, dizer eu te amo, Guadalupe, e dar um beijo de novela em Guadalupe pela boca de Karina. Tentou, tentou, mas lhe parecia tão impossível que quase ia confessando:

"Que eu te amo eu decorei faz tempo, Karina, que tu é Guadalupe é que não tem jeito de eu decorar." Só não confessou porque não era com aquelas palavras que havia de dizer coisa tão importante.

Passou então a procurar entre as palavras importantes a mais parecida com aquela coisa lá que ele queria dizer.

Antônio pensava que tinha palavra que servia pra usar no dia a dia e tinha palavra que só servia pra fazer ditado. Sempre ficou intrigado: "Que ideia de jerico se inventar um negócio que só dá trabalho de aprender pra nunca ter o prazer de fazer uso." Ainda mais palavra difícil de escrever como extravagância, se qualquer extravagância que se fizesse em Nordestina era tida por leseira mesmo.

E haja a procurar palavra importante pra explicar que sua leseira, ou sua extravagância, com acento circunflexo, era querer Karina até onde se pode querer alguém neste mundo de meu Deus, com letra maiúscula, pois, além de nome próprio, Deus é como atende nosso pai e criador.

Com tanta palavra que existia e não havia uma que servisse pra dizer o que Antônio sentia por Karina exatamente. Até que ele tentou inventar algumas, mas não havia som nem letra escrita que dissesse nada parecido.

A MÁQUINA

Assim, sem ter como fazer com que ela soubesse o que ele sentia, o tempo de Antônio ia passando pelos dias de Karina. Dia de segunda tinha filme americano, dia de terça tinha cheiro de feira, dia de quarta tinha o programa que ela mais gostava, depois da novela, e naquela quarta ia passar o último *clip* dos Condenados.

Os Condenados eram quatro rapazes que cantavam e faziam muito sucesso naquele mês de setembro.

Clip era um filmezinho que você via mas não precisava entender.

O *clip* dos Condenados devia ser muito bom ou do contrário a plateia não ia gritar tanto. O pedaço em que aparecia uma vaca pastando era da maior importância pra não compreensão daquela aparição, e a freira que voava com uma touca de natação amarela na cabeça também merecia ser observada detalhadamente, uma vez que não servia pra nada a não ser pra isso.

No que findou o *clip*, Antônio levantou-se da cadeira, disse até amanhã e Karina respondeu, até depois de amanhã que amanhã é quinta. Dia de quinta era dia de Karina visitar a avó e Antônio aproveitava pra botar em dia a palavra saudade.

Em compensação, dia de sexta tinha dança no clube. Houve um tempo em que o salão ficava lotado. No tempo de Antônio, não. Como a cada semana ia-se embora um, os pares foram se desfazendo, deixando cada vez mais ímpares desemparelhados.

A MÁQUINA

Depois foi a vez dos ímpares irem ficando também cada vez menos, coitados desses, é impressionante como os números ímpares são muito mais tristes do que os pares. Numa sexta o conjunto ficou sem violeiro, na outra sem sanfoneiro, na outra sem cantor, e, naquela sexta, Antônio teve que se virar em vários pra tocar, cantar e dançar com Karina ao mesmo tempo, ou ia bem deixá-la lá, sentada?

Dia de sábado era quando a luz do sol que entrava pela janela do quarto, refletida no chão, acordava mais perto da porta. Ele achava bonito pensar que o sol tinha nascido depois, porque era sábado, e foi pena que naquele dia ficou provado o contrário.

No que deu seis horas da manhã, e a luz lá, onde ficava de segunda a sexta, Antônio pulou da cama com um pressentimento. Era como se estivesse por nascer uma maneira de convencer Karina daquilo que não tinha nome, não tinha forma, não tinha jeito, não tinha espaço.

Acordado Antônio ficou, "O que é que tu tanto pensa, menino?", "Besteira, mãe", até o dia seguinte, que, por ser domingo, era dia de dar volta na praça.

A MÁQUINA

E foi mesmo na frente da igreja que a vida de Antônio deu uma volta medonha, pois, no que viu Karina, seu coração disse pra sua cabeça, vá, e sua cabeça disse pra sua coragem, vou, e sua coragem respondeu, vou nada, mas sua boca não ouviu e beijou Karina bem ali, no meio da praça, e a boca de Karina não disse não, e nem poderia, pois estava por demais ocupada.

Daí pra frente se sucederam muitas noites de festa e muitas outras de desgraça, tanto no coração dele como no dela, e a graça do amor não é justamente esse emperrado? Quer, não quer, pode, não pode, quer mas não pode, pode mas não quer, um passa a querer no que o outro desquer e esse só vai querer novamente com a desquerência do outro.

O fato é que, foi, não foi, Karina e Antônio foram destrocando juras pra lá e pra cá, cada vez mais muitas, e Nordestina acabou se acostumando com aquelas palavras de amor passeando pelas ruas até não sei que horas da madrugada.

A MÁQUINA

O nome de Antônio e o de Karina passaram a só andar juntos na boca do povo.

Lá vêm Karina e Antônio, lá vão eles.

A palavra sempre lhes servia de acompanhante.

Os dois não se afastavam nem nas frases, nem nos cantos, nem mesmo no pensamento. Seus olhos também não se afastavam nunca, os dele dos dela, os dela dos dele, nem as bocas e nem as mãos. Os pedaços de um foram descobrindo os pedaços do outro, por partes, até chegar a hora em que cada pedaço de um conhecia o outro inteiro.

Karina nunca tinha visto isso nem no filme. Não daquele jeito.

Antônio também desconhecia esse negócio que dá dentro da pessoa nessa hora, algo que só tem vantagem, uma atrás da outra, e bastam apenas dois pra senti-lo, e mais nada, podia existir coisa melhor na vida?

Na noite em que Antônio e Karina viraram um só de vez, quando todos os pedaços dos dois, sem faltar nenhum, se ajeitaram num mesmo espaço, e as duas bocas, enquanto separadas, murmuraram bobagens importantíssimas, e os dois pensamentos conheceram juntos lugares que não existem, coincidiu que a lua também estava cheia. E, se a lua estava cheia, a noite também devia estar se sentindo o máximo.

Nordestina se dividia entre os que estavam indo embora de lá, os que estavam preocupados com isso, e Antônio, que não estava indo embora, porém não estava nem aí. Talvez porque achasse que Karina nunca iria de fato, apesar de viver treinando pra tal, talvez porque sua cabeça estivesse sempre ocupada em encontrar maneira de fazer acontecer, um por um, cada querer que ela possuía.

Como a pobre da coitada, fora tudo que queria, não possuía era nada, ele se sentia então na obrigação de lhe dar motivo pra existir e pôs-se a cercá-la de qualquer coisa que se parecesse com sorriso. Lá no fundo é claro que ele sabia que aquilo era muita da enganação com ela e que, mais cedo ou mais tarde, ia terminar descobrindo o lógico: quanto mais motivo pra existência Antônio lhe desse, mais e mais existir ela ia querer.

Por enquanto ainda estava bom. Satisfazer o desejo de Karina era bastante agradável, senão que pra complicar a vida de Antônio ela nunca fez sequer um único pedido fácil. Bem que Karina podia querer o sol, a lua, as estrelas e o Polo Norte, como todas as mulheres.

Mas não.

Ela achava de querer justo o que era mais difícil de proporcionar.

"Tirar o escuro da noite, Karina, só isso apenas?" "Só isso, sim, mas sem fazer a noite virar dia porque senão não tem graça", ela respondia sem pensar, pois seu pensar já estava procurando por outro querer nessa hora. "E se a noite não é outra coisa senão o dia quando escurece, como é que eu vou tirar somente a escuridão e deixar a noite, Karina?" "Se eu soubesse como era, não pedia. Eu mesma ia lá e tirava." Antônio tinha que quebrar a cabeça várias vezes por dia, mas não se importava com isso desde que resultasse sempre numa ideia boa. "Já sei. Em vez de tirar o escuro da noite, assim, de uma só vez, vou inventar toda noite uma estrela nova até que uma fique tão perto da outra, mas tão pertinho, que ninguém possa enxergar escuridão nenhuma entre elas."

Graças a Deus geralmente tudo acabava bem, enfim, com Karina se dando por satisfeita.

O problema era que além da vocação pra tudo querer, ela ainda tinha tendência a querer saber de tudo. Até aí tudo bem. Normal. Dava pra entender. O danado era que as perguntas de Karina exigiam muita capacidade.

Queria saber, por exemplo, por que a pedra cai quando a gente joga ela pra cima, mas no que Antônio começava a mencionar a existência de um puxão no centro da Terra que atendia pelo nome de força de gravidade, ela logo esclarecia que não era a negócio de força de gravidade que ela se referia, mas à falta de vontade das pedras. Karina achava que era só a pedra querer, que voava. Karina achava, aliás, que o querer de tudo era assim que nem o dela, irrecusável.

"Se você quer que pedra voe, então pode deixar comigo. É fácil." "Pra que eu ia querer que pedra voasse, Antônio? A única coisa que eu queria era que ela quisesse voar."

E assim ia ficando cada vez mais difícil, pois do querer de Karina, disso Antônio entendia, mas o querer do resto era muito diversificado devido ao resto ser justamente um pedacinho só, só que ao contrário.

A doidice que deixava ele doido por ela ia aumentando toda hora, todo dia, sendo muito pior no período da tarde. A vida ia indo, um dia atrás do outro, todo dia a mesma coisa, nada no mundo mudava.

Mas pra Antônio tudo mudou ali, exatamente naquele dia, ô dia desgraçado pras coisas desandarem, no exato momento em que ele viu o seu provável destino se recolher à sua frente, como uma passadeira vermelha que se enrolasse de volta, eita agonia miserável.

Foi isso que ele sentiu naquele dia, foi ali que começou o desespero de Antônio, portanto, nunca ia esquecer dos detalhes.

"Cheguei cedo pro treino, Karina?"

E ela disse que não ia ter treino aquele dia não, nem treino nem ensaio, nem naquele dia nem nos próximos, que tinha chegado a hora dela pôr em prática e por este motivo ia se embora pro mundo, no que Antônio respondeu: "É o mundo que você quer? Então eu trago ele pra você."

A certeza com que Antônio disse aquilo provocou em Karina uma tristeza que estava guardada pra mais tarde.

Ela então se botou a maldizer o mundo, usando cada palavra mais difícil que a outra.

Nunca ele imaginou que ela tivesse tamanha sabedoria da língua portuguesa. Ela também não sabia que sabia, e não sabia sequer se estava usando palavras adequadas, mas se fez entender perfeitamente.

A MÁQUINA

E claro que não queria querer ir embora, se pudesse mandar em seu querer, se fosse possível desenhar o mapa do mundo todinho de novo, se pudesse inventar outra geografia, outra sociologia, outra filosofia, outra economia, como Karina falou bonito aquele dia. Falou que toda vez que se enfeitava toda pensava pra que tinha se enfeitado se aquela festa era de mentira e pra que ir a tal festa se as noites em Nordestina nunca vogavam.

Falou ainda que se não quisesse ser pra sempre um arremedo de gente gastando seus arremedos de dias numa vida arremedada, tinha que passar pro outro lado, pois à vera, à vera mesmo, era da risca pra lá, que tudo acontecia de verdade.

Pela primeira vez na vida Antônio botou seu próprio querer na frente do dela e disse, mesmo porque quis dizer, que desse jeito estava se sentindo um pouquinho desprezado.

Ela então justificou-se na hora: "Desprezo é quando a importância da pessoa escapole do pensamento da gente por conta própria, Antônio. Eu tou tangendo tua presença da minha cabeça que é pra facilitar o cabimento de outras coisas."

Por fim ela falou ainda que ele deixasse de doidice, que mundo não é coisa que se leve nem se traga, além do que, por mais que tudo mudasse, ele e ela iam ser pra sempre Antônio de dona Nazaré e Karina da rua de baixo, e também pra que ser mais que isso se o mundo nunca ia se passar pra chamar eles pelo nome?

Então, chorou.

Chorou até a vontade de chorar secar por completo, deixando no lugar onde estava, bem no meio do peito, um vazio que vagamente incomodava.

Enxugou com as costas das mãos suas metades de lágrimas, abriu suas metades de olhos e viu que metade do vazio do seu peito tinha escapulido pro quarto, cadê Antônio? Se foi. Pra onde? Será que foi pra casa?

Mas é claro que Antônio não conseguiu dormir a noite inteira. Se tivesse dormido teria sonhado, com certeza, sonhos dificilmente contáveis, dada a falta de sentido e o excesso de detalhe, com pessoas tentando transformar lamento em aceno, paradas no meio-fio que se prestava a ampará-las, onde ficavam paradas até depois que o ônibus já tinha partido, sem razão nenhuma aparente pra isso, a não ser o propósito de adiar o daqui a pouco mais um tanto.

Como não dormiu, e por consequência não sonhou, ficou tentando espantar pensamento que doesse além do suportável. Quase todos, à exceção de um único, um só, o primeiro e o derradeiro pensamento que Antônio se deixou pensar naquela noite em que não dormiu, e portanto não sonhou, pra ficar ali pensando somente num jeito de impedir que Karina fosse embora de Nordestina levando com ela seu olhar pelo meio, pra ver o mundo lá, onde o mundo estava.

Nada podia estar mais afastado um negócio do outro do que Nordestina do mundo.

Juntar os dois era serviço mais difícil do que dissolver a terra inteira no mar, misturando bem misturado, não importando nem o tamanho da colher de pau nem a habilidade da criatura que se prestasse a executar tarefa tão ingrata.

Era assim que Antônio se sentia.

Como alguém que tivesse em sua frente um único pão e milhares de morta-fomes em sua volta, ô solução complicadinha essa, só mesmo Cristo, e, mesmo ele, só fazendo milagre.

Naquele andar do pensamento o galo cantou e Antônio não teve outra alternativa a não ser inaugurar o dia, muito embora não tivesse a mínima ideia do que fazer com o mesmo devido ao estado de agonia em que se encontrava.

A MÁQUINA

Abriu a porta do quarto que dava pra sala e a janela da sala que dava pra rua, olhou bem pra cara de Nordestina e pensou: "Tás duvidando?"

E Nordestina bem que deve ter duvidado, mas não respondeu nada, pois as cidades, por menores que fossem, não serviam pra responder nada a seu ninguém, muito menos pra duvidar de coisa nenhuma. A serventia das cidades era somente ser o lugar onde seus habitantes habitavam, e triste da cidade que não conseguisse dar conta de sua única finalidade.

Antônio tinha certeza que ia cumprir sua promessa, primeiro porque era homem de palavra, segundo porque era homem de atitude, terceiro porque era homem suficiente pra atender a todo e qualquer desejo de Karina.

Já estava acostumado.

Ora, se tinha prometido trazer o mundo pra ela, a primeira coisa que tinha que fazer era ir lá buscá-lo.

Buscar é uma coisa, trazer é outra, mas isso era só um detalhe.

Podia pensar no caminho.

E lá se foi ele.

A MÁQUINA

No caminho da ida foi pensando no da volta.

Pra convencer o mundo todo a segui-lo primeiro tinha que achar um jeito de todo mundo olhar pra ele, eita finalidade difícil, pra que o mundo ia olhar pra um cidadão feito Antônio?

Honesto, mas sem a menor importância.

Decente, mas sem a menor distinção.

Um cabra que não tinha nem paletó, apesar de valente.

Inteligente, mas nem finalizou o grupo escolar.

Só se ele parasse na frente de todo mundo, pessoa por pessoa, "Tás vendo eu, pessoa?", infelizmente aí não ia dar tempo.

Ou então se ele arrumasse um lugar só pra onde todas as pessoas olhassem na mesma hora e ficasse lá parado.

Parado, não, que ninguém quer saber de ver ninguém parado.

Fazendo a coisa mais desencabida que alguém jamais pensou em fazer na vista do povo.

Mas o quê?

Antônio tinha habilidade pra tanta coisa que ficava difícil escolher uma só.

Ninguém assobiava e chupava cana ao mesmo tempo melhor que ele, por exemplo.

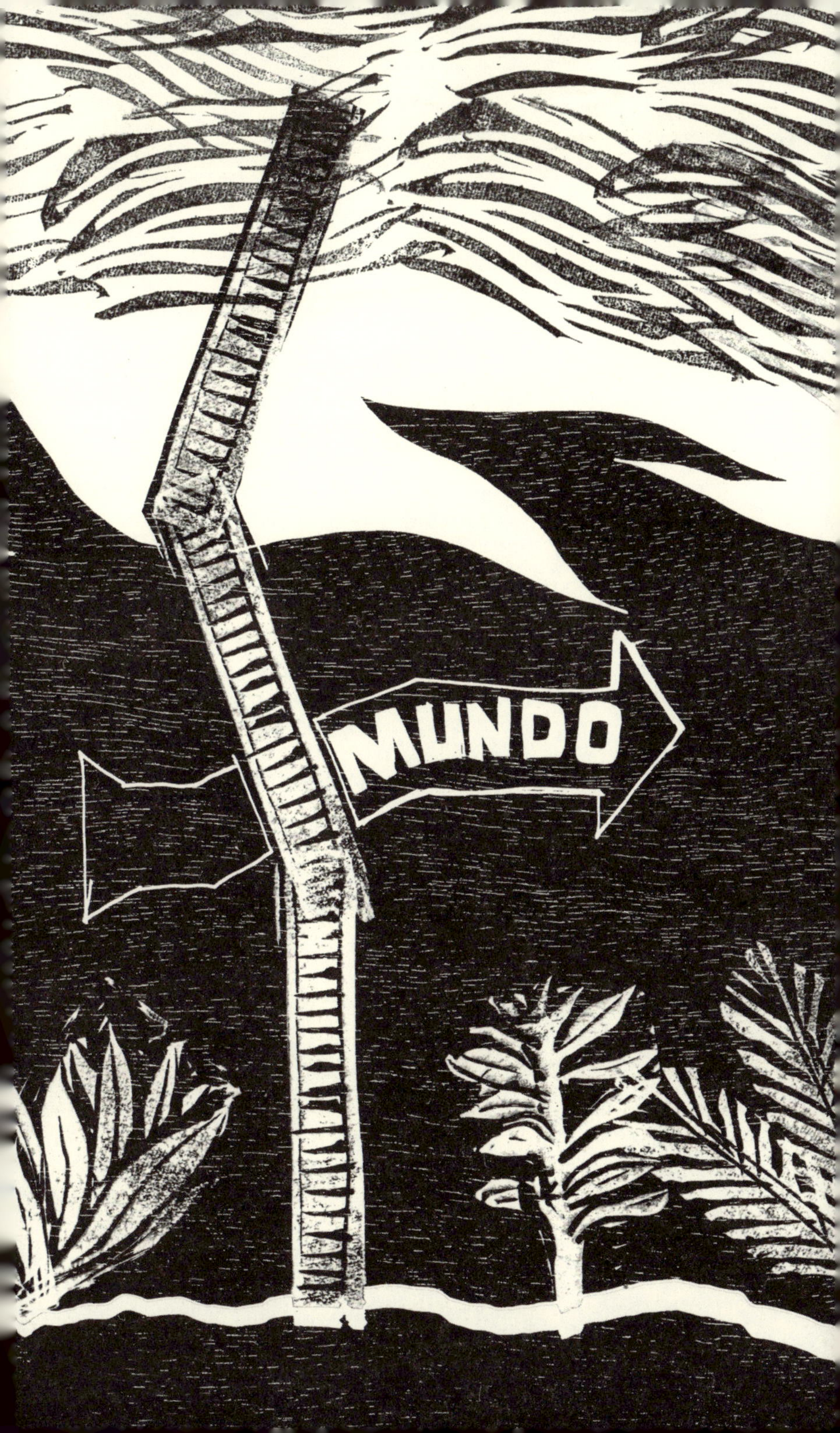
MUNDO

A MÁQUINA

Mas isso era coisa besta.

Podia decorar qualquer número, desde que não ultrapassasse os 28.730 algarismos, e depois era capaz de repeti-lo inteiro, na ordem que lhe fosse encomendada, na língua escolhida, só não em francês, por ser um pouco mais trabalhoso.

Mas isso era coisa fraca.

Tinha extrema facilidade de se transformar em muitos, apenas quando fosse necessário, mas evitava fazê-lo senão nunca mais ia ter sossego, ô povinho pra pedir favor era aquele.

Mas isso era coisa pouca.

Podia visitar o passado e o futuro, se quisesse, já que era amigo do tempo, e só não tinha visitado ainda por nunca ter julgado oportuno.

Mas isso era coisa sem utilidade.

E foi tentando descobrir pelo caminho qual seria a melhor maneira de atrair a atenção do povo, e foi pensando, pensando, pensando, e nem teve tempo de imaginar que Karina só fez chorar naqueles dias todos em que o pessoal da prefeitura ficou sem tomar café e que dona Nazaré rezou baixinho, como se deve rezar por um filho que se dana pelo mundo porque chegou a sua hora.

A MÁQUINA

Em chegando no mundo, Antônio foi direto ao *shopping* comprar um paletó, de preferência branco.

Shopping era um edifício onde moravam compras, em vez de gente.

Ficou incrível com aquelas luzinhas todas, elas deviam ter treinado muito pra toda vez acender uma, justo quando a outra apagava.

Tentou decorar na cabeça cada novidade que via pra contar depois, quando voltasse pra Nordestina, mas era tanta da coisa que Nossa Senhora.

Admirou-se muito com a quantidade de ser humano e com a falta de cachorro vira-lata. Com o mar não se admirou muito não, por bem dizer achou até menor do que tinha imaginado. Gostou foi do vento na cara. Reparou demais na giganteza das sombras e brincou de tapete com elas.

Se fosse o caso de ficar por ali comentando o que via, era só botar um inclusive no final da frase, engatar um assunto no outro, e teria conversa pro resto da vida.

Como ele tinha mais o que fazer, não era o caso.

Antônio viu de tudo no mundo.

A MÁQUINA

Viu gente que sabia fazer calçada virar casa, ferida virar dinheiro, montanha virar cidade, patife virar mandante, lixo virar banquete. E começou a desconfiar que estava por dar a Karina um presente meio desarrumado. O que era que ela ia fazer com o mundo daquele jeito? Só ia prestar caso Antônio ajeitasse tudo primeiro, mas aí o negócio complicava. Uma coisa era mudar o mundo de lugar, outra era mudá-lo completamente.

Foi então que juntou uma ideia com outra, fez umas contas de cabeça, dividiu por dois, e chegou a um resultado que o deixou satisfeito.

Uma vez que nunca tinha pedido sequer um favor pro tempo, por não ser coisa de Antônio ficar se aproveitando de ninguém por amizade, estava claro que o tempo não ia lhe negar ajuda justo em hora tão necessitada.

Por isso, resolveu chamar a atenção do mundo com a espetacular atração do sujeito que podia ir ao futuro, e dessa maneira levar o mundo pra Nordestina assim mesmo, do jeito que o mundo estava. Quando voltasse do futuro, aí, sim, ia poder

A MÁQUINA

consertar o mundo que tinha dado a Karina de presente, pois, além da vontade, teria o conhecimento, a técnica e a prática.

Ia dar certinho.

O mundo ia se agradar de um sujeito que viajasse no tempo e Karina ia se agradar do presente que tinha ganhado.

O único problema era sua falta de experiência no assunto, mas pra tudo tem que ter uma primeira vez, e então Antônio resolveu que era aquilo o que ele faria, não tinha o menor motivo pra não ser, não havia como dar pra trás, era aquilo mesmo, inclusive porque outra coisa não era, estava decidido, e decisão decidida em véspera de dia 13 tem o voto dos anjos e ponto, parágrafo.

Depois de dar umas voltas pelo mundo foi diretamente pra emissora de televisão.

A fila de candidatos pra aparecer na TV rodava o quarteirão e a cabeça de Antônio pensava.

O quarteirão era do tamanho de Nordestina e a cabeça de Antônio pensava.

Anoiteceu, amanheceu, anoiteceu, amanheceu e a cabeça de Antônio pensava.

A mulher 853 da fila tinha oito ovos com casca, todos oito dentro do bucho, mesmo sem ser bicho que põe ovo. A moça

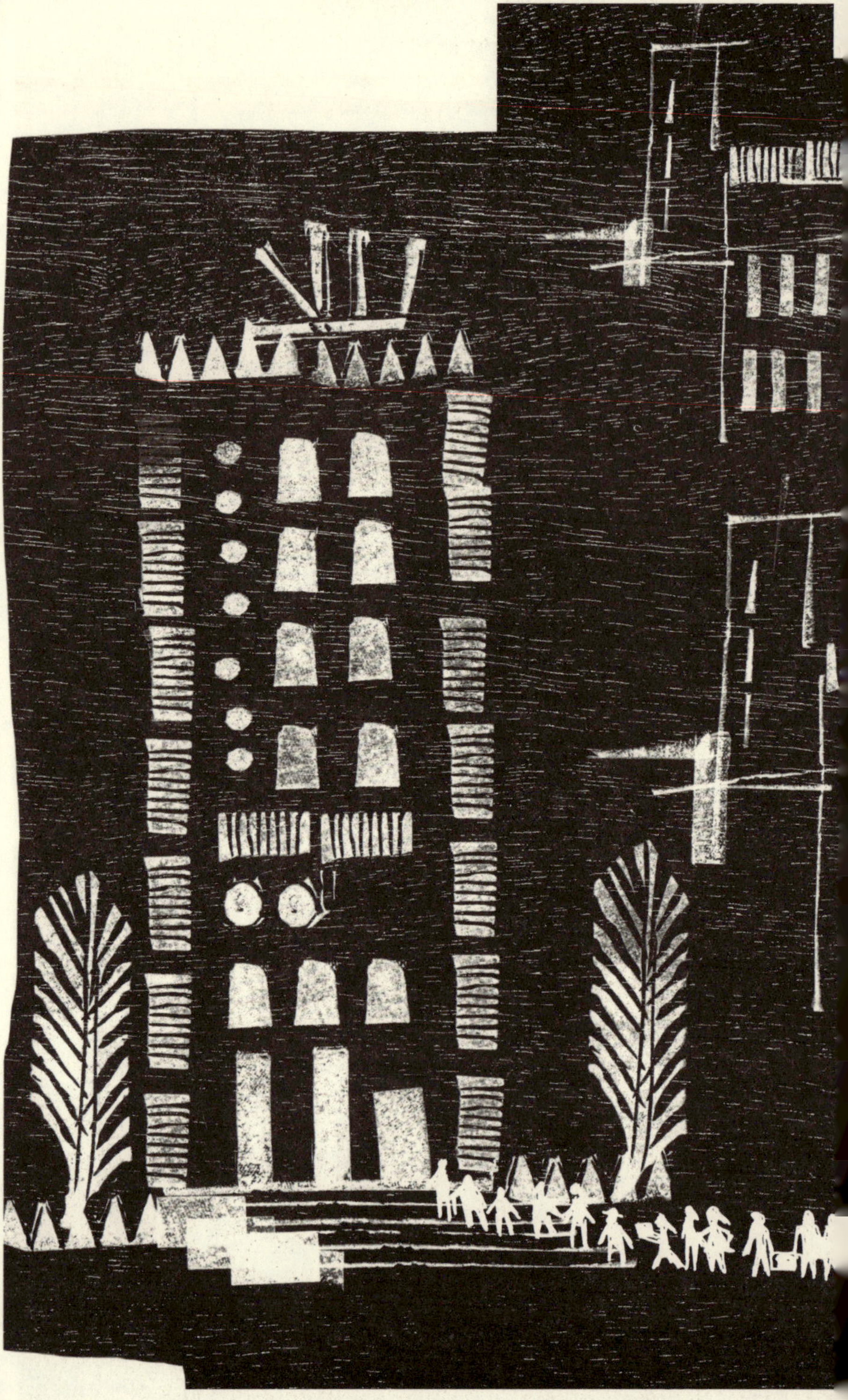

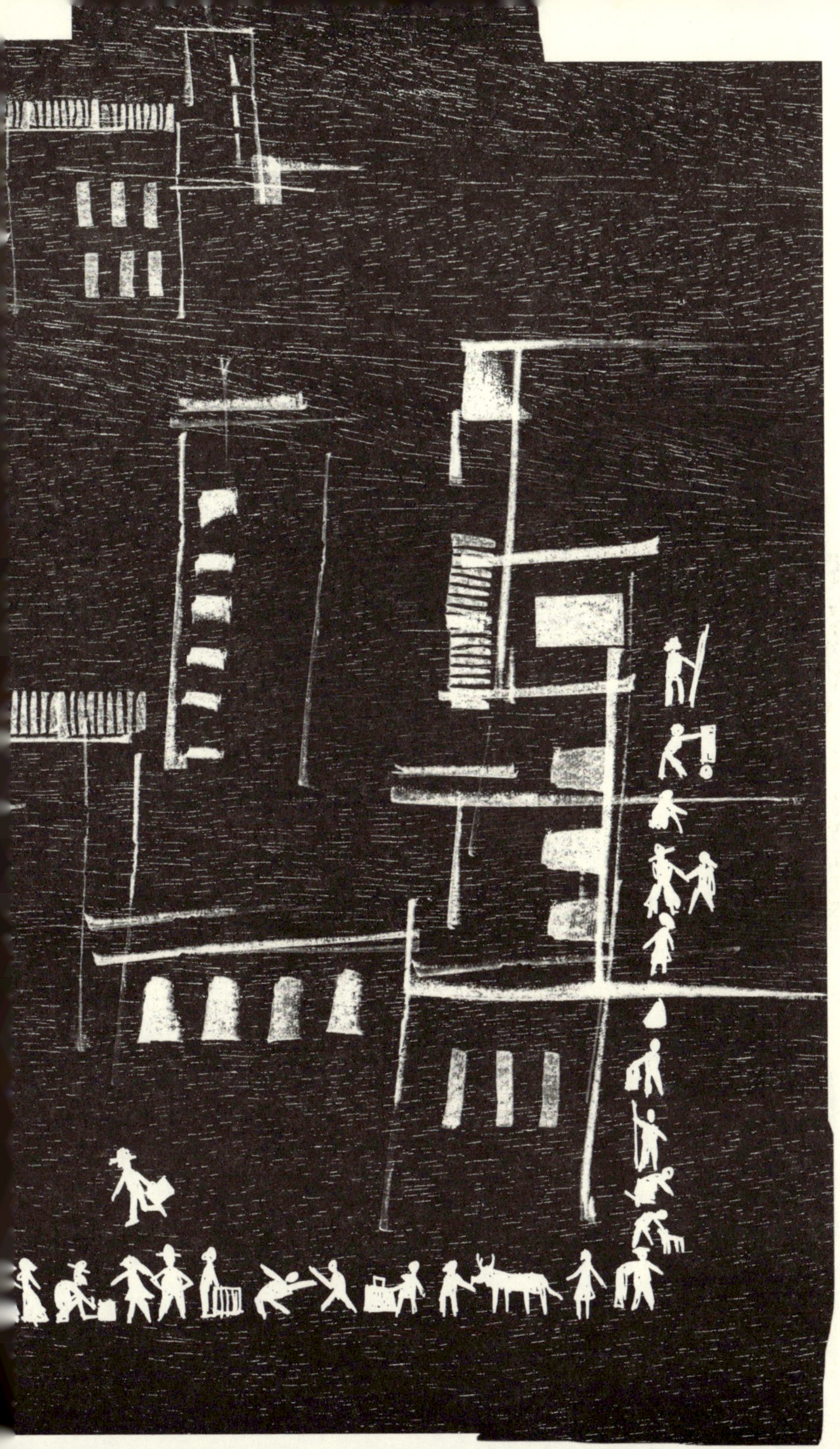

A MÁQUINA

1.115 e a 1.116 se estranhavam disputando um só marido. Uma olhava de banda e coiceava tal qual bicho. A outra desafiava. Uma ameaçava ir, não ia, e a outra dava meia-volta, cismada. O rapaz 510 desengolia relógios que nunca tinha engolido, todos eles marcando hora exata, por isso achava que ia ser o escolhido. Aconteceu que quando chegou a vez de Antônio, o homem lá da televisão ficou numa dúvida danada.

"Eu, Antônio de dona Nazaré, dou minha palavra que vou pra outro tempo, mais precisamente pro futuro. Mas não só vou ao futuro por ir, fui e pronto, não. A minha ida há de ser proveitosa, pois vou a negócios."

O cidadão que viajava no tempo prometia ser um grande espetáculo.

E quem podia garantir que Antônio ia ao futuro mesmo?

A única garantia que podia oferecer era sua palavra.

"É pouco", o homem lá da televisão falou, "vai que na hora agá, tudo pronto, todo mundo esperando pra ver, e o negócio dá errado? É melhor não arriscar", e foi logo chamando o número do próximo.

"Espere", Antônio gritou, "se minha palavra é garantia pouca ofereço então minha vida, serve?"

E o homem lá da televisão se mostrou interessado.

A MÁQUINA

"Eu, Antônio de dona Nazaré, dou minha palavra que vou pra outro tempo, mais precisamente pro futuro, com a finalidade de melhorar o mundo que vou dar de presente a Karina. Partirei de hoje a oito dias, saindo do meio da praça de Nordestina, porém voltarei logo. E, se acaso o negócio der errado e eu não cumprir minha promessa, então não me interessa mais viver e aí dou minha palavra que morro. Mas não vou morrer só assim, morri e pronto, não. A minha há de ser morte importante, cheia de aparato, morte de encher a vista dos homens e fazer tapar os olhos das mulheres, deixando só um buraquinho entre os dedos. Pois a máquina da morte, construída por mim mesmo, vai abrir meu peito e esgarçar ele todinho, esgarçar mais um pouquinho, até ficar aparecendo tudo lá dentro, os sentimentos sentindo, as veias se abrindo, o sangue correndo, e vai destampar meu estômago, pra deseninhar as tripas, uma por uma, como se fosse um novelo, vai desemparelhar um pulmão do outro, separando assim, pra mostrar o que é que tem no meio, então vai arrancar meu coração e jogá-lo pra plateia, salpicando o mundo de sangue, enquanto, aí, sim, eu vou morrendo aos pouquinhos, sofrendo até morrer da morte mais linda que alguém já morreu na vida. Eu vou morrer de amor, no meio do sertão, nos braços da seca, com a quentura fervilhando as ideias, enquanto tiver ideia, a vida desistindo de viver, indo embora, a vista turvando, o juízo evaporando, até o finalzinho, aquela hora em que a pessoa pensa com ela mesma, e agora, hein? Então não pensa mais nada e acabou-se."

Dito isso, e não tendo mais nada pra dizer, voltou pra Nordestina com a finalidade de inventar a máquina de sua própria morte e construí-la com suas próprias mãos, mesmo sabendo que não ia precisar dela.

Quando o povo ainda estava indo, ele já estava voltando.

Agora não tinha mais dúvida, existia mesmo a tal placa "Bem-vindo a Nordestina", e pra provar que não era mentira podia atestar até que o "vindo" estava meio apagado.

No que avistou a cidade, Antônio concluiu dois pensamentos.

Um era que ninguém sabia como Nordestina era bonita daquele ângulo.

O outro era que agora todo mundo ia ficar sabendo.

A MÁQUINA

Chegou cansado, mais pelo que ainda tinha de fazer do que pelo tanto que já tinha feito, com o peso da responsabilidade pesando em cima de sua cabeça, e o medo e a certeza travando um duelo lá dentro. O corpo de Antônio agora andava inclinado pra frente, puxado pela palavra obrigação, no plural, pois eram muitas as que ele tinha. A pior de todas era a obrigação de dar tudo certo, essa era a mãe das outras e também a cria delas.

Se fosse pessoa organizada, teria ido logo pra casa começar seu trabalho, mas sua teimosia obrigou-o a passar antes na rua de baixo, só pra dar um beijo em Karina.

Nem bem dobrou a esquina e já viu logo que ela tinha estado todos esses dias no portão, esperando por ele, com os olhos apertados até menos que a metade, pra poder enxergar mais longe.

Fingiu que acreditou que ela só foi lá fora refrescar um pouco e fez que não reparou que seu coração estava batendo muito apressado.

E quem disse que ela queria deixar ele ir embora mais nunca?

A MÁQUINA

A falta de Antônio tinha ensinado Karina a conhecer melhor a diferença entre querer muito e querer somente.

Ele só conseguiu ir pra casa com ela dormindo.

Por não saber ninar com cantiga, botou Karina pra dormir com um exagero de promessas, abraços e beijos, beijos, abraços e promessas, tudo isso aos berros, de primeiro.

Como é coisa do amor sossegar, os dois foram se acalmando aos poucos, perdendo a pressa, descolando os pedaços um do outro, por partes.

Quando só restava uma mecha de cabelos dele na mão dela, Antônio conseguiu escapulir e saiu, devagar, fingindo que não estava saindo.

Chegou em casa com o dia amanhecendo.

Antes de dormir rezou um Santo Anjo do Senhor e ainda conversou um pouco com seu amigo tempo, mas foi só pra acertar os detalhes da viagem.

A MÁQUINA

Vão transmitir a morte de Antônio ao vivo.

Antônio de dona Nazaré?

O moço do café.

Número 19 da folha de pagamento.

Diz que ele foi chamado pra apresentar programa de televisão.

A bandeja onde ele servia café vai até a leilão.

Antônio vai ser enredo de escola de samba, Antônio.

E ele não vai morrer?

Vai morrer ou não vai?

Marque um X no lugar do sim ou do não e concorra a uma noite de amor no Motel Centauro.

Um rapaz honesto, trabalhador, uma grande perda pra sociedade nordestinense, trata-se de uma tragédia.

A Prefeitura já está tomando as devidas providências. O corpo de Antônio será velado na Câmara dos Vereadores, de onde será transportado em carro aberto pro local escolhido pela família pro sepultamento. O Coral Infantil da Escola Municipal se apresentará durante o enterro, caso Antônio morra mesmo como se espera. Caso contrário, o cerimonial já está organizando outro evento à altura pra substituir o enterro de Antônio, provavelmente com a participação do grupo musical Os Condenados.

A MÁQUINA

Um louco vai se matar lá na Paraíba.

Paraíba não, Pernambuco.

Isso é conversa.

Isso é a fome.

Isso é a seca.

Isso é o cúmulo.

Nordestino promete morrer de amor na frente das câmeras.

Nordestina se prepara pra receber milhares de pessoas.

A morte anunciada de Antônio da Silva atrai romeiros, turistas e curiosos ao sertão.

A morte do ano.

A morte do século.

Mais notícias nas páginas 23 e 24.

O Brasil inteiro reza por Antônio.

A brazilian man dies in the name of love.

A televisão está chegando.

A televisão? Aqui em Nordestina? Mas só sendo.

Era gente que só a praga, e chegando mais, de um, de dois, de dez.

Cada casa de Nordestina virou hotel, cada quintal virou acampamento, e haja comida praquele povo todo. Nunca se mataram tantos bodes, fora as galinhas, e, na falta dessas, qualquer criatura de Deus que se prestasse a guisado.

E era tanta palavra pelo mundo contando o que estava acontecendo, palavra francesa, japonesa e italiana, que não sobrava palavra nenhuma pra se comentar outro assunto.

Tudo virou Antônio e Antônio virou de tudo.

Virou nome de estrela no céu, nome de filé à moda, virou até nome de gripe, uma gripe chamada Antônio. Virou nome de todo menino que nasceu naquele tempo.

Antônio José do Nascimento.

Antônio Péricles de Souza.

Antônio Pedro Barbosa de Almeida, que depois virou só Tonho.

Antônio Viana de França, que depois virou Toinho.

Antônio Benedito de Azevedo, que depois virou bandido.

Antônio Gonçalves da Silva, que depois virou artista.

Antônio Domingos de Lima, que depois virou ministro.

Os oito dias se passavam e ele trancado, pois construir uma máquina da morte não é fácil, não, o cabra tem que possuir muita geometria.

Karina vinha diariamente implorar "Faça isso não", e ele, "Faço, pois já dei minha palavra", e ela chorava, e ele dizia: "Pra que tanta agonia se eu só vou dar uma chegadinha no futuro e volto logo?" "Volta logo como, se o futuro é muito longe?" "Não vou tão longe assim, não. Vou andar somente uns 25 anos pra frente, exatamente o tempo que tenho pra trás, contando do dia que nasci até o dia de minha partida." Aí é que ela se agoniava ainda mais: "Isso tudinho?" "Nem um dia a mais, nem um dia a menos, eu prometo, Karina. Vou apenas multiplicar minha idade por dois, depois desmultiplico e pronto." Qualquer argumento, por melhor que fosse este, jamais seria suficiente pra sossegar o coração de Karina. Por isso, só pra distraí-la, convencê-la e acalmá-la, ou então só pra se amostrar mesmo, Antônio ia contando suas histórias pra multidão que se juntava na porta da casa.

Ia desafiando a morte enquanto ela nem resposta dava.

"Medo da morte é coisa que não tenho.

"Já olhei nos olhos dela, já conheci seus no entanto, já discordei de suas ideias, já lhe expliquei, ponto por ponto, cada uma de minhas crenças. Nem estou atrás de desavença, nem é nada pessoal, não.

"Nada contra ela.

"Mas esse jeito de se chegar, assim, toda se chegando, se fazendo de bondosa pra enganar o sujeito, isso é coisa de gente com duas caras. Como a morte não é gente e só é uma, não entramos em acordo. Pois não havia de ser um bichinho de nada, mesmo tendo por nome bactéria, que ia derrubar Antônio. No quinto dia de febre levantei-me da cama, encarei-a bem na cara dela, mesmo pra desafiá-la, e ela, 'Venha', e eu, 'Vou nada', e ela, 'Então tome, febre do rato', e eu, 'Desavie daqui, peste bubônica'."

"Medo da morte, é? É medo da morte?

"Tenho não, graças a Deus.

"Graças a Deus e a meus dois pés que no que viram ela deram pra dançar sem nunca ter aprendido. E ela doida vindo pra mim, e eu doido me indo dela, e quanto mais eu dançava, mais cansada ela ficava, botava os bofes pra fora, até que bateu quatro horas e bateu a preguiça junto.

"Nela, é claro.

"Quem já viu homem apaixonado preguiçoso?

"O dia raiou e eu dançando.

"O tempo passou e eu vivendo.

"Quando minha hora chegar eu vou com ela.

"Mas ela vai ter que aprender a dançar forró primeiro."

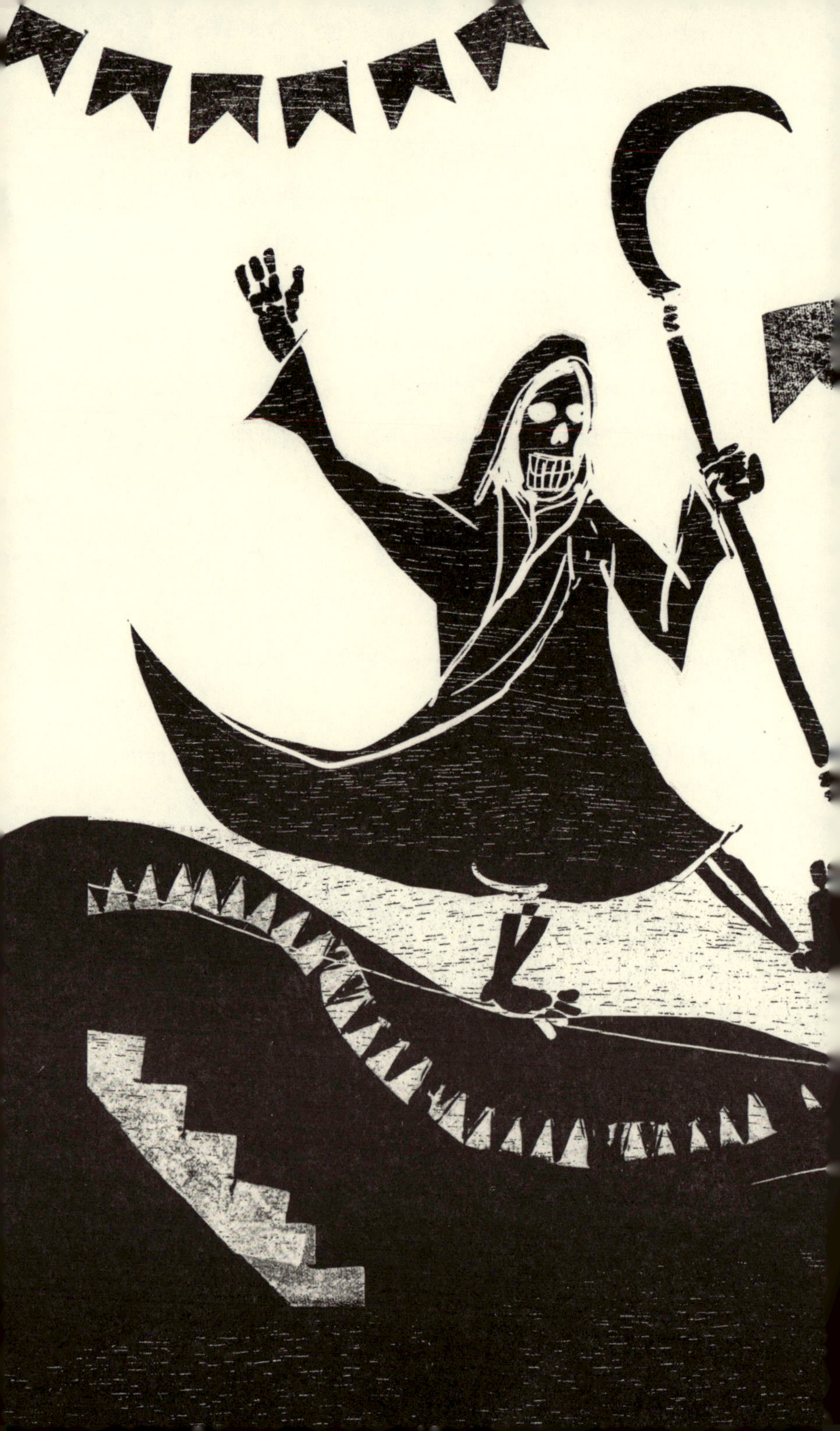

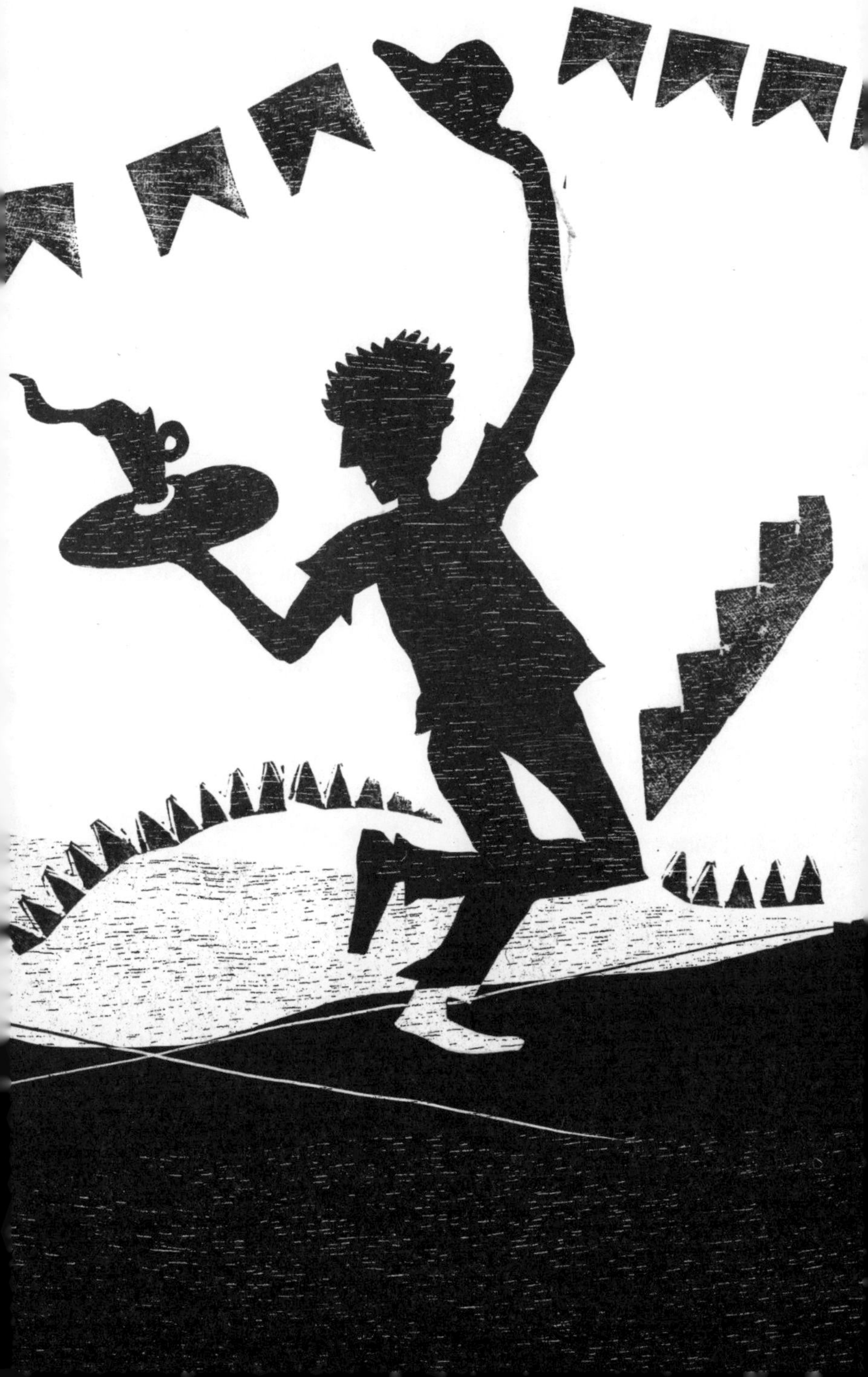

A MÁQUINA

"Medo da morte que eu conheço é o medo que ela tem de mim, desde o dia em que bateram na minha porta: 'Quem é?', 'Sou eu', 'É a morte, é?', 'E então?', 'Então vá entrando que eu estava mesmo precisando levar uma prosa com a senhora'.

"Sentou-se.

"Sentei-me na frente dela.

"E, só pra começar, desfiei um versinho que fiz com a pouca literatura que tenho e o muito amor que tenho por Karina, verso ligeiro, coisa pouca, conversa pra três dias somente. O caso é que tomei gosto pelo troço, embalei-me no improviso, e mês e meio depois ela abriu a boca num bocejo, mas só foi cochilar depois de dois anos. Conversa vai, conversa vem, 15 anos se passaram e me deu vontade de cantar.

"Sabe vontade?

"Uma musiquinha só, coisinha besta, mas a morte disse: 'Espere. Eu vou ali adiantar um servicinho e outro dia eu venho'.

"Tu viesse?

"Ainda hoje todo dia eu canto, pro caso dela passar por perto, pois se tem coisa que morte não se agrada é de cantoria, alegria e verso, de riso, de boniteza, de conversa de menino, tampouco cor amarela."

A MÁQUINA

Não parava de cantar, Antônio, afirmando que ia pra outro tempo enquanto o povo todo desconfiava que era pro outro mundo que ele ia, e só se ouvia o martelo martelando lá dentro, toc, toc, toc, e quando os sete dias se passaram, o oitavo dia acordou e deu de cara com a máquina da morte prontinha.

Mas ficou bonita demais, dava até gosto ficar vendo.

"E isso anda?"

Não andava.

"Voa?"

Não voava.

"Nada?"

Não.

Claro que não cabia na compreensão de ninguém, como é que Antônio diz que vai pra outro tempo se essa máquina não sai do canto? E ele até se irritava, isso aí é a máquina da morte, eu é que sou a máquina do tempo.

E o povo duvidando: "E é, é? Desde quando?".

A MÁQUINA

O tão esperado dia da morte do tão falado Antônio tinha chegado, e Nordestina nunca imaginou que a reta que ele tirava de sua casa até o meio da praça fosse um dia ficar tão famosa.

Tinha até banda tocando quando ele saiu pela porta carregando sua máquina nas costas.

Cada passo que dava era da maior importância e houve quem lhe entregasse presente, houve quem lhe dissesse bobagem, houve quem risse, quem chorasse, houve até quem se descabelasse por ver Antônio de perto.

Dona Nazaré estava muito ocupada no tanque quando foram lhe chamar pra festa e mandou dizer que não ia, não, que nunca viu meninos pra sujarem roupa como aqueles, e que se fosse parar de fazer seu serviço pra ficar vendo invenção de Antônio, não faria outra coisa na vida.

Karina não aceitou lugar de honra, nem copo d'água, nem cafezinho, se misturou à multidão e seguiu com os olhos a procissão de Antônio sozinho. No que ele passou em sua frente, fez em nome do pai como os outros, fazendo de conta que não era com ela.

A primeira parte da promessa ele já tinha cumprido.

Olha o mundo todo ali, olhando para Nordestina.

Só restava cumprir o resto.

A MÁQUINA

Faltando somente um minuto pra hora marcada, às 11h59 exatamente, Antônio entrou na máquina de sua própria morte, feita com suas próprias mãos, e todos os olhos, todos os ouvidos, todas as câmeras e todos os microfones do mundo apontaram pra ele, um patrocínio Alisante Karina, ele vai morrer de amor por você.

Se pudesse divulgar o que estava sentindo, sem trazer inquietação ao coração de Karina, talvez Antônio tivesse confessado ali mesmo, pro mundo todo ouvir, que estava com um medo desgraçado, sabe o verbo medo?

Nem parecia.

Quem olhava pra ele, ou seja, o mundo inteiro, não diria nunca que se tratava de um homem que sentia um frio no espinhaço.

E foi então que deu a hora certinha que Antônio tinha marcado pra partir, meio-dia em ponto, cinco, quatro, três, dois, um, Ave-Maria, e seu coração disse pra sua cabeça, vá, e sua cabeça disse pra sua coragem, vou, e sua coragem respondeu, vou nada, mas Antônio não ouviu, e quando as setecentas lâminas da máquina da morte botaram pra funcionar, todas elas ao mesmo tempo, na maior ligeireza, o mundo todo que estava esperando pra ver tripa de Antônio, sangue de Antônio, osso de Antônio virar pó, não viu foi coisa nenhuma.

No que o tempo se danou a passar desatinado por ele, só por ele, logo por ele que demorava a entender as coisas direito, Antônio tentou rezar a Ave-Maria, mas não conseguia chegar no agora e na hora de nossa morte, amém, em parte porque estava doidinho das ideias, em parte porque não sabia mais se agora era agora mesmo, se era a hora da sua morte, amém, ou se não era.

Foi então que percebeu que não era o tempo que estava passando danado por ele, ele é que estava danado passando pelo tempo, como quem olha pela janela de um ônibus que está correndo pra frente, e por um minuto apenas, um cochilo, um nó no entendimento, ou algo parecido, tem a impressão de que o ônibus está parado e é a estrada que está correndo pra trás.

A isso devia se dar um nome difícil, mas o nome não importava, importava a comparação.

Ele, Antônio, era o ônibus, enquanto o tempo era a estrada, um correndo, outro parado, só o que se movia era ele, Antônio, logo ele de quem diziam, que sujeito parado, esse povo já gosta de difamar os outros.

De repente, o tempo parou de passar, num solavanco.

Em melhor dizendo, foi ele que, num solavanco, parou de passar de repente pelo tempo.

A MÁQUINA

Do jeito que vinha embalado, parou de vez, assim, sem nenhum aviso, estremecendo todas as ideias do juízo.

Que aquilo não era agora, disso Antônio tinha certeza.

Morte também não era.

Coisa igual ele nunca tinha visto pela única razão de que coisa igual ainda estava por existir lá no tempo dele.

E se agora não era mais agora, pelo menos não era o agora que ele conhecia, nem era a hora da sua morte, amém, se agora era outro tempo, bem ali, na sua frente, que tempo era esse, ora essa?

Foi chegando logo e perguntando que danado de tempo era aquele.

Era ali por dois mil e pouco.

Mais precisamente 25 anos, seis meses e 17 dias depois do dia em que ele tinha partido, por volta do meio-dia.

A praça, a cidade, o povo, o mundo todo estava em festa.

Havia mesmo de chegar em data importante.

Pelo jeito, havia chegado em cima da hora.

E houve quem lhe entregasse presente, houve quem risse, quem chorasse, houve até quem se descabelasse por ver Antônio de perto.

Enquanto os de lá comemoravam sua partida, os daqui comemoravam sua chegada.

Houve quem gritasse, três vivas pro cabra que mudou o mundo, houve quem os três vivas gritasse, soltaram fogos e tudo, e só então Antônio teve certeza de que aquela festa toda era mesmo pra ele.

Ele nunca podia imaginar que ia encontrar o mundo assim sem nenhum defeito.

Estava tudo perfeito, quem diria, bem que Antônio tinha dito que havia de caprichar no presente.

Por mais que jurasse, por Deus Nosso Senhor, quando voltasse pra trás e contasse o que viu, é claro que iam dizer que era mentira.

— Quem já viu disso, menino?

— Agora ficou doido de vez.

— Deixe de conversa.

— Mas esse Antônio já inventa.

Se não dissessem, iam pensar, e, se pensassem, até que não era sem motivo.

Quem havia de julgar que seria possível um negócio daqueles?

A MÁQUINA

Ele ainda ficou por aqui um pedacinho, tentando entender detalhe por detalhe, com o propósito de aprender tudo bem aprendido pra poder repetir direito depois, em melhor dizendo, antes.

De uma hora pra outra disse que já estava pronto pra voltar, e se disse que estava era porque estava mesmo.

Ou então era saudade de Karina.

Não fazia nem um dia que Antônio não a via e no entanto parecia que fazia um quarto de século, mais ou menos.

Na hora da despedida o povo todo lhe desejou, "boa sorte, Antônio", e arrematou com um pedido: "agora volta lá e conta tudo pra gente".

Foi então que lhe ocorreu, justamente nessa hora, que enquanto Karina devia estar lá no passado, esperando por notícia, sem saber como e nem onde ele estaria por agora, ele se encontrava aqui com um problema idêntico. Como é que não tinha pensado nisso antes, minha nossa, o que teria acontecido a Karina nesses 25 anos, seis meses e 17 dias?

Se tudo tinha mudado tanto nesse tempo todo, perigava ela ter mudado também, e aí então como é que seria?

E se ela tivesse morrido?

A MÁQUINA

E se estivesse doente?

E se estivesse com outro?

E se havia uma outra Karina agora, será que havia de haver um outro Antônio?

Eita dúvida desgraçada se queria saber disso ou não queria.

Pela segunda vez então Antônio sentiu um medo medonho, mas seu coração disse pra sua cabeça, vá, e sua cabeça disse pra sua coragem, vou, e sua coragem respondeu, vou nada, mas seus olhos não ouviram e resolveram que era a Karina de antes que eles queriam ver, não a de agora, se é que essa existe, e, se essa existe, ele preferia não saber como ela era.

Foi nesse instante exatamente que tudo começou a voltar pra trás novamente, e dessa vez Antônio entendeu tudo, pois havia deixado de ser marinheiro de primeira viagem.

Não era o tempo que estava passando danado por ele, era ele que estava danado passando pelo tempo, percorrendo o mesmo caminho que tinha percorrido antes, só que em sentido inverso. Tentou rezar a Ave-Maria, mas não conseguia chegar no Ave--Maria, em parte porque estava doidinho das ideias, em parte

A MÁQUINA

porque não estava acostumado a rezar de trás pra frente, e quando o tempo parou de passar de repente por ele, num solavanco, em melhor dizendo, quando ele, num solavanco, parou de passar pelo tempo de repente, deu-se a doidice.

Do jeito que vinha embalado, Antônio parou de vez, assim, sem nenhum aviso, estremecendo todas as ideias do juízo, e o exato momento de sua volta no tempo coincidiu com o exato momento de sua ida.

Tudo estava no mesmíssimo ponto que ele tinha deixado, meio-dia em ponto, e só restava dizer Ave-Maria, e foi isso mesmo que ele disse.

Cinco, quatro, três, dois, um, Ave-Maria, e Antônio ainda ouviu seu coração dizer pra sua cabeça, vá, e sua cabeça dizer pra sua coragem, vou, e sua coragem responder, vou nada, mas ele não ouviu, e quando as setecentas lâminas da máquina da morte botaram pra funcionar, todas elas ao mesmo tempo, na maior ligeireza, o mundo todo que estava esperando pra ver tripa de Antônio, sangue de Antônio, osso de Antônio virar pó, não viu foi coisa nenhuma.

A MÁQUINA

Assim que ele deu de cara com as setecentas lâminas da máquina da morte doidinhas pra torá-lo ao meio, as setecentas lâminas que ele mesmo tinha instalado, todas setecentas, Antônio deu um pulo pra cima, respeite o pulo de Antônio, e foi vento que as lâminas toraram somente.

E no que seus dois pés pisaram o chão novamente e o povo viu que ele estava ali, dos pés à cabeça, todo inteiro, foi aí que começou a vaia.

Repare mesmo que azar o de Antônio. O instante em que ele saiu colou com o instante em que ele chegou, sem nem uma brecha no meio. Quem olhava pra ele pensou que ele tinha estado o tempo todo ali, mas é claro, e o mundo inteiro duvidou que Antônio tinha ido ao futuro mesmo. Uns achavam até graça, pensando que era piada, outros tinham era raiva, pensando, que desaforo.

Pela primeira vez na história ninguém ganhou aposta, nem um lado, nem o outro, e por fim ficou tudo empatado. Perdeu quem apostou que Antônio iria ao futuro, perdeu também quem apostou na morte dele.

A MÁQUINA

O que se comentava pelo mundo era que Antônio farrapou, "que sujeito mais sem palavra que não foi a futuro algum nem morreu morte nenhuma, tudo que fez foi dar um pulo pra cima, atração muito da besta inclusive, coisa que qualquer um teria feito com a maior facilidade".

Em defesa própria, Antônio sustentou que foi ao futuro de fato, mas se atrapalhou um pouco no caminho da volta: por isso regressou no mesmo instante em que tinha partido, por pura infelicidade, e esse era o motivo dessa confusão toda.

Contou ainda o que tinha visto lá, na frente, em dois mil e pouco, dali a 25 anos, seis meses e 17 dias mais precisamente.

— Quem já viu disso, menino?
— Ainda mais num lugar sem futuro desses.
— Agora ficou doido de vez.
— Deixe de conversa.
— Mas esse Antônio já inventa.

"Fui, não foi, fui sim, não estou dizendo?"

O que ele dizia não valia era mais nada.

O mundo inteiro desprezou cada palavra de Antônio, que tristeza, o mundo inteiro se pôs a rir de Antônio, o mundo inteiro, menos Karina, obviamente.

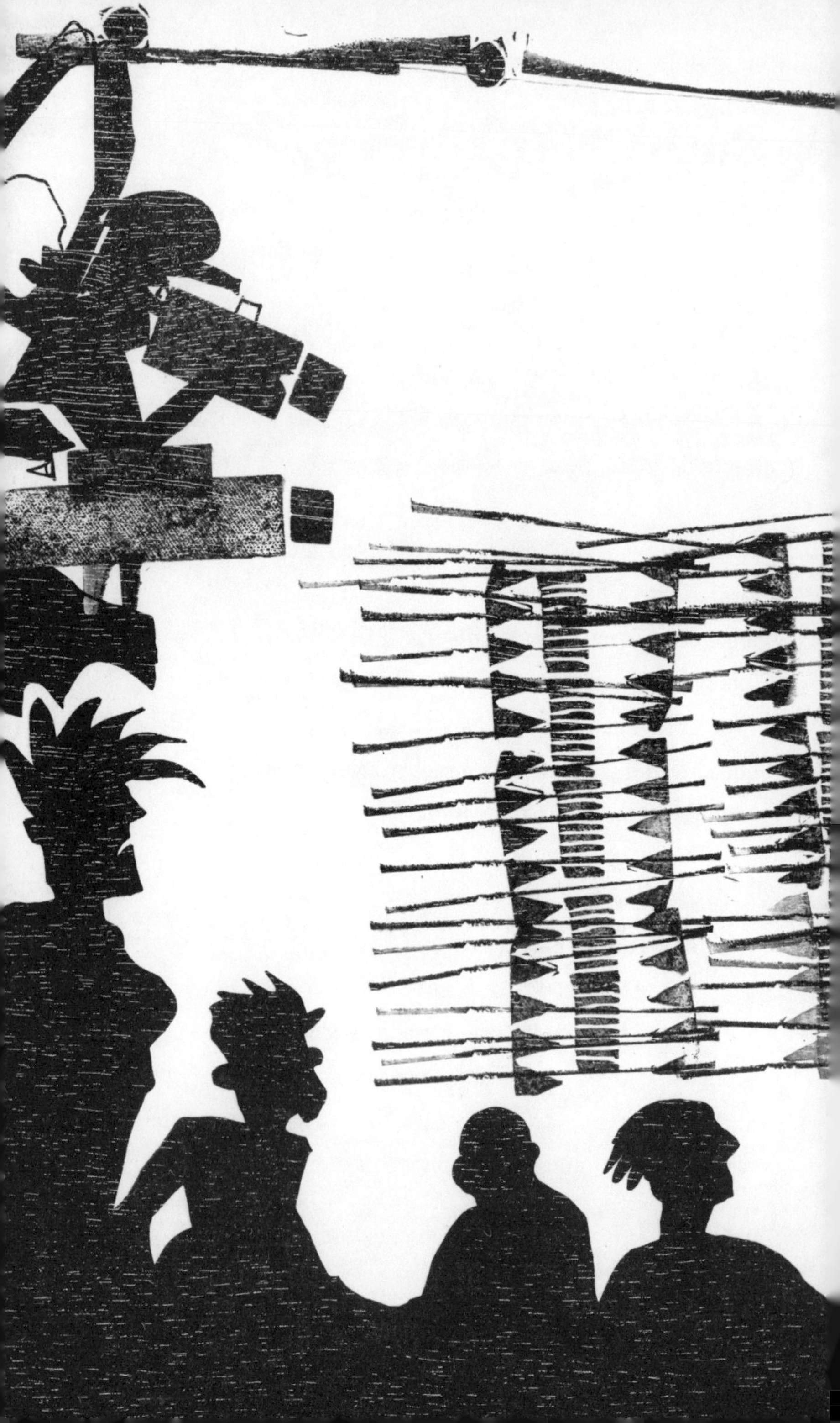

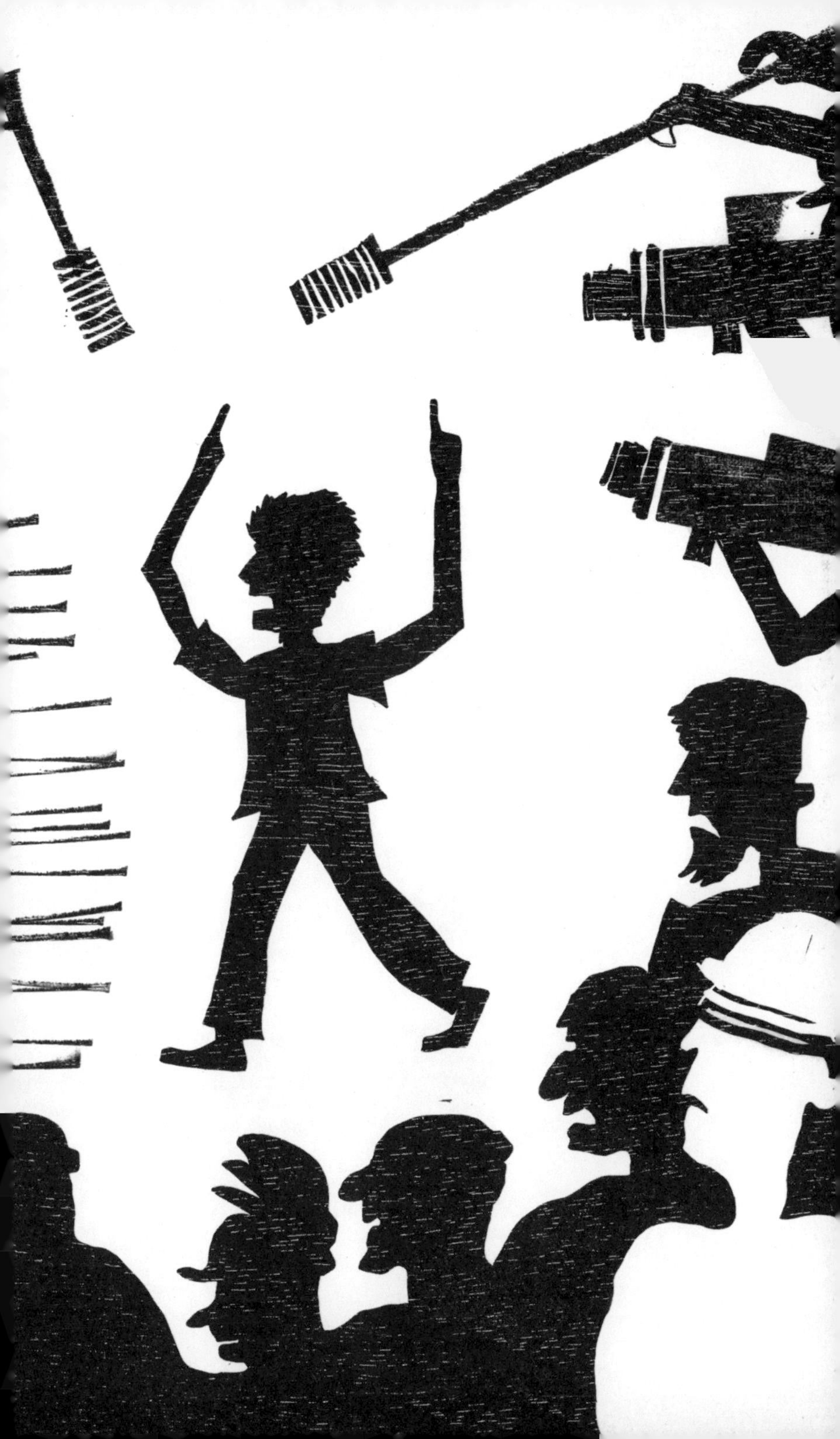

Diante de tamanha falta de delicadeza, a Antônio só restava botar sua máquina nas costas, pegar Karina pela mão e ir-se embora pro seu canto.

Não sei de onde ainda tirou coragem pra apresentar seu derradeiro argumento: "Esperem. O tempo há de passar e então vocês vão ver se eu não vou chegar lá, de hoje a 25 anos, seis meses e 17 dias exatos, aqui no meio da praça, por volta do meio-dia."

Uma prova indiscutível, a de Antônio, com o único defeito que só ia servir dali a muito tempo.

Paciência.

Os dois saíram de cabeça levantada, sem se importar com calúnia ou risadagem, eita povinho pra cometer injustiça era aquele.

Já em casa, depois de materem a saudade sem nenhuma pena da coitada, Antônio e Karina atravessaram três dias conversando, ela só ouvindo e ele só contando.

Assim como ficou famoso, Antônio foi logo sendo esquecido.

Só se lembravam dele poucas vezes por dia, na hora do café, ou na hora de dormir, ora sem a menor consideração, ora com a maior curiosidade.

E o mais engraçado não foi justamente isso?

A MÁQUINA

Acreditando ou não na sinceridade de Antônio, por via das dúvidas todo mundo ficou com vontade de conhecer o seu próprio destino. Primeiro vinha um, em seguida outro, eles todos indagando por notícias do futuro e a todos eles Antônio respondia.

Contou que no meio da praça ia nascer um pé de caju que daria flor o ano todo, que onde tinha a estação iam construir um cinema, e que ali, onde agora ficava a bica, ia ter até estátua de Antônio.

Anunciou que, no futuro, medo tinha virado lenda, falta tinha virado sobra, Nordestina tinha virado livro, palavra tinha virado fato e alegria tinha virado moda.

Fez saber, a quem se mostrava interessado, que lá na frente as noites eram sempre claras devido à enorme quantidade de luzes.

Preveniu a vizinha do lado, a senhora abandonou de vez esse negócio de cozinhar pra fora, dedicou-se ao corte e costura e tornou-se pessoa bem-sucedida.

Avisou pro fiteiro que este tinha ingressado na Marinha.

Pra quem se considerava desiludido, Antônio surpreendeu a todos contando a quantidade de feito que eles haviam de fazer ainda.

Tudo quanto era moça vitalina queria saber de uma coisa somente e algumas ficavam muito felizes. "Você casou, sim. Teve até cinco meninas." "Já você casou sete vezes e estava com cara que ia completar uma dezena ainda."

Pra uma mãe recém-parida com o menino no braço, Antônio disse sorrindo: "Seu filho também há de se chamar Antônio e será Ministro da Fazenda", no que a mãe correu até o cartório pra ver se chegava a tempo de impedir que o pai o registrasse Edmílson.

Dona Nazaré foi a única que não quis saber o seu destino, "Se ele quisesse que eu o conhecesse, se apresentava mais cedo", e toda vez que tocavam no assunto tapava os ouvidos e saía cantando.

O tempo foi passando no seu próprio tempo, seis meses, um ano, dez anos, e deu de acontecer algo muito interessante. Mesmo duvidando que aquilo fosse verdade, o povo se agradou tanto das histórias que se pôs a copiar as ideias de Antônio.

Cada um foi arrumando sua própria vida de acordo com o que ele contava: "Como é que eu não pensei nisso antes? Mas olhe que burrice a minha", cada qual mais decidido a ser feliz a todo custo.

Foram, bem aos pouquinhos, fazendo o mundo ficar assim, ficar assado, justo como Antônio dizia, até que foi ficando igualzinho.

De vez em quando se ouvia um comentário:

"Veja só que coincidência, mas não é que aconteceu mesmo o que Antônio disse?"

No meio da praça plantaram um pé de caju com mania por flor de nascença, a aparição de luz novata na noite deu pra afugentar o medo do escuro, a vizinha do lado dedicou-se ao corte e costura, o fiteiro decidiu ingressar na Marinha, um monte de desiludidos por vida se decretou fazedor, a mãe de Antônio Domingos de Lima, ex-Edmílson, obrigou o filho a varar não sei quantas noites estudando economia.

Depois os comentários foram virando conversa, que foram virando assunto, que foram virando palestra, até que não se falava em outra coisa no mundo e não havia quem tomasse decisão nenhuma sem ouvir Antônio primeiro.

Quanto mais o tempo passava, mais o mundo se parecia com o que Antônio contava. Virou contador, Antônio, quem diria?

Karina foi aprendendo de cor e salteado as histórias de Antônio.

Foi não foi, chegava até a florear umas passagens: "Não foi assim que aconteceu, Antônio, tá lembrado não que foi de outro modo?", vá lá entender por que mulher gosta tanto de corrigir o homem.

Com o passar do tempo os dois foram usando cada vez menos pontos de interrogação em suas conversas e, por falta de ainda ter o que explicar, gastaram todos os entre parênteses. Não faziam economia de adjetivo um com o outro quando estavam sozinhos, à noite, principalmente.

Se ela queria, ele inventava, se ele inventava, ela queria, e nessa levada nem sentiam o tempo passar, ou então era o tempo que fazia o favor de passar desapercebido por eles pra jamais tornar os dias repetitivos.

A vida deu pra melhorar, felizmente, e de tanto passar o tempo, ano após ano, 25 anos, seis meses e 17 dias acabaram se passando.

Nem parece.

O dia em que Antônio prometeu chegar finalmente chegou hoje.

Agora só falta chegar a hora prometida, meio-dia, e com ela chegar Antônio.

Aqui, em dois mil e pouco, tudo já está exatamente do jeito que ele disse que estaria.

Medo virou lenda, falta virou sobra, palavra virou fato, Nordestina virou livro, alegria virou moda, Antônio virou gente e, deixando a modéstia de lado, até que virei gente importante.

A MÁQUINA

No meio da praça agora tem um pé de caju que dá flor o ano todo, onde tinha a estação construíram um cinema, ali onde antes ficava a bica hoje tem até estátua de Antônio, só que com minha cara de antes.

Mas é claro que eu não consegui dormir a noite inteira.

Fiquei aqui lembrando dos detalhes daquele dia há, 25 anos, seis meses e 17 dias exatos, quando cheguei aqui, vindo lá do tempo que era meu naquele tempo, e encontrei tudo assim, coisa por coisa.

Veja só que vai e vem, cada coisa que vi naquele dia virou palavra que contei, pra depois então ir virando coisa outra vez, até ficar tudo de novo cada coisa no seu canto, que nem assim como está agora.

Deve ser bem por esse motivo que há quem ache que tem que se dar tempo ao tempo, eita povinho pra gostar de achar, esse.

A MÁQUINA

Enquanto eu fiquei aqui a noite toda relembrando minha chegada que está por acontecer daqui a pouco, por volta do meio-dia, no meio da praça, Karina era só calada.

Cá, muito entre nós, desconfio que ela tenha, lá com ela, alguma sombra de medo de que eu não chegue, o que seria um fiasco, desta vez ainda pior do que o primeiro.

Disse ela que não. Disse também que estava ocupada demais, quando vieram lhe chamar pra festa, e mandou dizer que não ia, não, que não havia de sair de casa só pra presenciar minha chegada, ainda mais com um sol quente desses, e que se fosse parar seu serviço pra ficar vendo invenção minha, não faria outra coisa na vida.

Concluiu dizendo que não era o Antônio de antes que ela queria ver, mas o de agora, ficou olhando bem pra mim, assim, com esse seu olhar ao meio, me deu meia dúzia de beijos e foi lá pra dentro se desculpando que tinha mais o que fazer.

De vez em quando passa aqui na minha frente, assim como quem não quer nada, querendo, talvez, elogio. Queria eu que todo querer seu fosse fácil desse jeito.

A MÁQUINA

Por aí não se fala de outra coisa, mais um pouco ele vai chegar e haja festa no meio do mundo pra receber Antônio.

Daqui até o outro lado da Terra há de se ouvir os pipocos dos fogos.

Está em cima da hora.

E como cada palavra é sempre a última palavra, antes da próxima, e as próximas palavras é o tempo que vai dizer daqui pra frente, eu, Antônio de dona Nazaré, de Karina, ou de Nordestina, vou ficando por aqui mesmo.

Mais não posso contar, em parte porque só sei contar até aqui, em parte porque tenho que ir ali sossegar o coração de Karina, já vai bater meio-dia e esse Antônio que não chega?

Calma, Karina.

É justo que chegue um pouco atrasado, pois lá de onde Antônio vem é longe que só a gota.

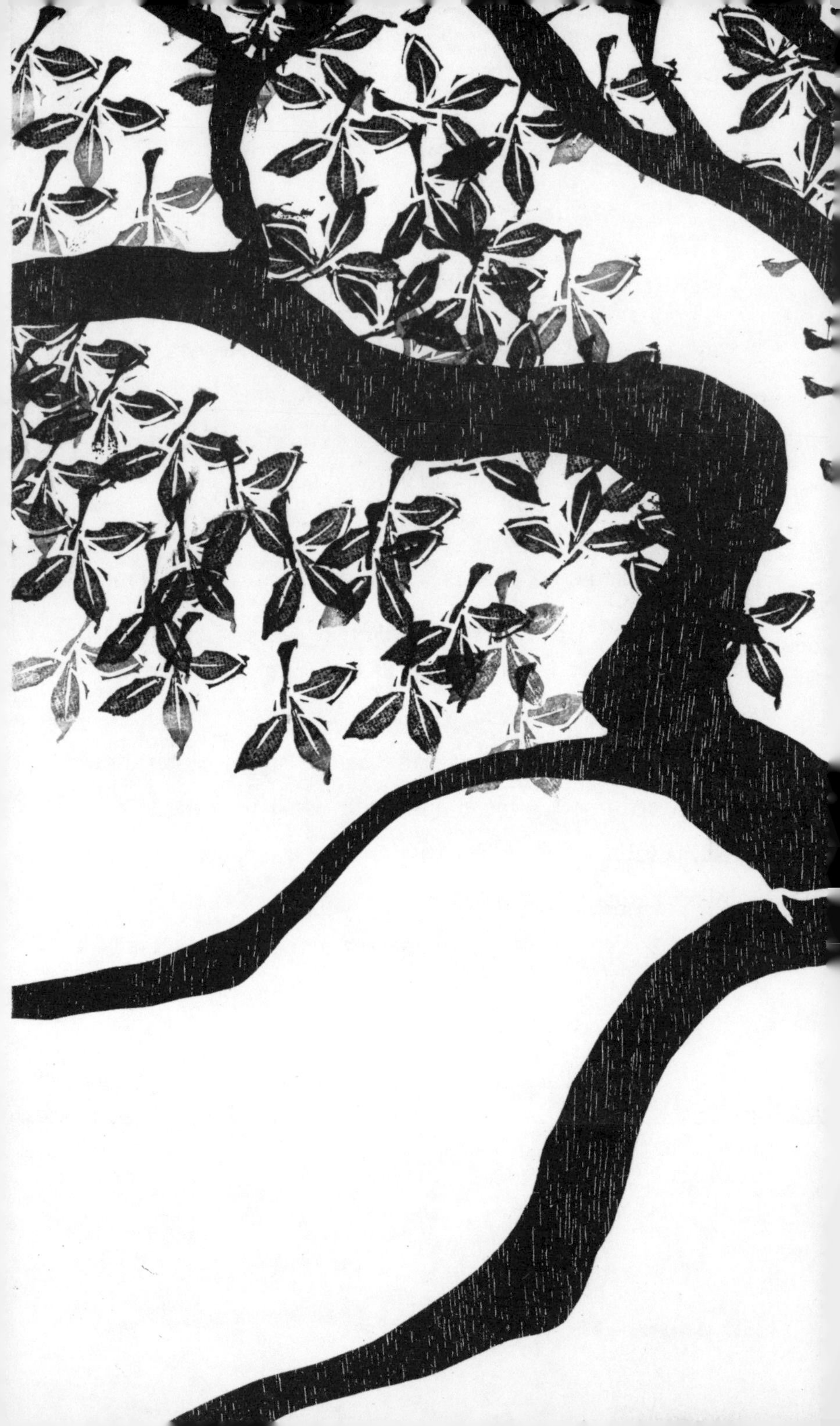

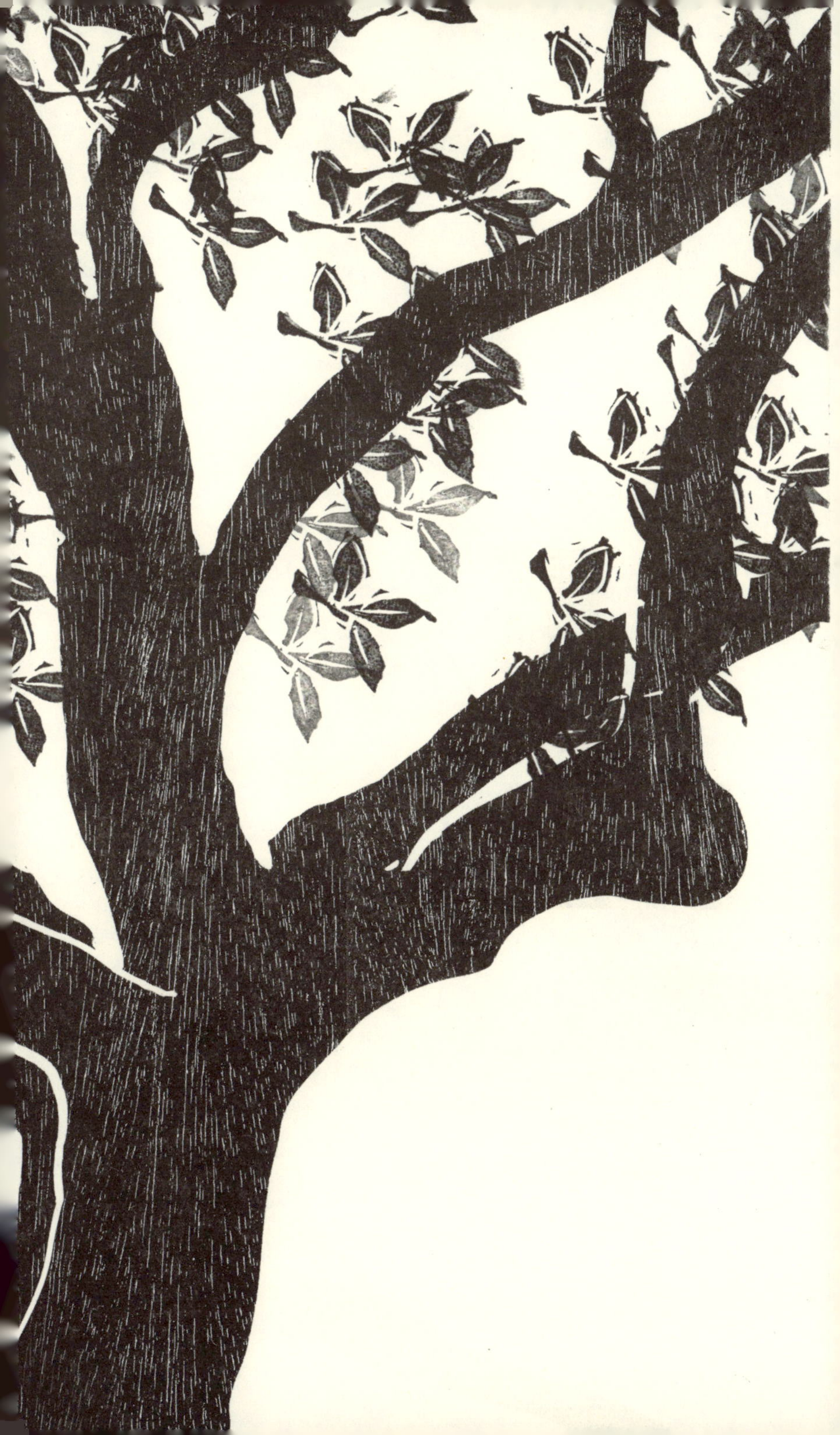

Adriana Falcão nasceu no Rio de Janeiro, em 1960, mas passou boa parte de sua vida em Recife, onde se formou em arquitetura. Adriana nunca exerceu a profissão, mas com certeza usa suas habilidades arquitetônicas para criar as rocambolescas estruturas de suas histórias, sempre muito divertidas e influenciadas pelo folclore nordestino. Ela é escritora premiada de livros para crianças, jovens e adultos. Mas também encanta o público com seu talento nos roteiros que cria para programas de TV (*A comédia da vida privada*; *A grande família*; *As brasileiras*; *Louco por elas*); para o cinema (*O auto da compadecida*; *A máquina*; *O ano em que meus pais saíram de férias*; *Fica comigo essa noite*; *Mulher invisível*; *Eu e o meu guarda-chuva*; *Se eu fosse você 1 e 2*) e também para o teatro (*A vida em rosa* e *Tarja preta*).

Todos os livros de Adriana Falcão estão sendo publicados pela Editora Salamandra.

Livros para crianças: *Mania de explicação*; *A tampa do céu*; *Sete histórias para contar*; *Valentina cabeça na lua*; e *A gaiola*.

Livros para jovens e adultos: *Luna Clara & Apolo Onze*; *A comédia dos anjos*; *Pequeno dicionário de palavras ao vento*; *P.S. Beijei*; *Procura-se um amor*; *A máquina*; e *O doido da garrafa*.

Fernando Vilela é artista plástico, escritor, ilustrador, designer e professor. Ministra palestras e cursos de arte e ilustração, além de escrever e ilustrar livros infantis e juvenis, publicados em sete países. Em 2005 e 2007, participou da Bienal Internacional de Ilustração de Bratislava, na Eslováquia, e em 2008 da Ilustrarte, em Portugal. Realizou ainda exposições em diversos países e, em 2012, expôs na Pinacoteca do Estado de São Paulo. Seus trabalhos estão em importantes acervos como o do MoMA, em Nova York. Escreveu e ilustrou treze livros infantojuvenis, dos quais o primeiro, *Lampião e Lancelote* (2006), recebeu em 2007 Menção Honrosa na categoria Novos Horizontes, na Feira Internacional do Livro Infantil de Bolonha, e dois Prêmios Jabuti.

Alguns de seus trabalhos podem ser vistos no site www.fernandovilela.com.br